KB157855

한국 희곡 명작선 40

메데아 네이처 (Medea Nature)

한국 희곡 명작선 40

메데아 네이처
Medea Nature

홍창수

평민사

용
창
수

메데아
네이처

등장인물

메데아 – 이아손의 아내, 숲(포리스트)의 부족 족장의 딸
이아손 – 메데아의 남편
글라우케 – 도시 지배자의 딸
코러스 – 상황에 따라 코러스 중 일부가 아래의 특정 인물 역을 맡기도 하고, 코러스 전체가 한 인물을 대변하기도 한다.
메데아 오빠 – 도망자
두 아들 – 모리스, 글리코스 (메데아와 이아손의 자식들)
추격자들
여러 동물들

＊메데아 전설은 기원전 7세기 그리스 작가 헤시오도스가 쓴 『신통기』에 언급되어 있고, 에우리피데스가 최초로 이 전설을 희곡으로 창조하였다.

이 작품의 시대와 지리의 배경을 고대 그리스로 제한할 필요 없다. 원작 설화와 에우리피데스의 희곡 「메데아」는 고대 그리스에서 탄생되었고, 그때를 배경으로 한 것이다. 그러나 이 희곡은 21세기 동시대의 관객과 소통하려는 현재화의 관점을 바탕으로 동시대의 문제를 담아내기 위해 새롭게 재창조한 작품이어서 원작 설화와 최초 희곡에 나타난 특정 시대와 장소에 구애받지 않는다.

무대

빈 무대 중앙에 널찍한 단상

의상

현대의 관객을 고려하여 관객에게 고대나 현대를 특별히 상기시키지 않는, 다시 말해 구체적인 시대성을 나타내지 않는 의상 콘셉트가 필요하다.

1

짙은 황사가 불어오는지

멀리 희미하게 보이는,

도시의 높이 솟은 빌딩들

그 아래

무표정한 사람들 모습 다양하다.

빠르게 걷기도 하고

뛰기도 하고

가만히 서서 시계를 바라보며

초조히 뭔가를 기다리기도 하고

거북이처럼 힘겹게 걷기도 하면서

각기 다른, 자신의 분명한 목적지를 향해 움직인다.

강한 황사바람과 함께 서서히 암전되면,

사람들,

삭막한 도시

거리에 서 있는,

줄기만이 앙상한 나무들이 되어

강한 바람에 흔들린다.

바람 사라지고 잠시 후

깊은 정적.

앉아 있는 메데아, 괴로워한다.

흐트러진 머리칼이 얼굴 가린 두 손을 덮는다.

두 손을 떼면 침울한 표정의 메데아

내면의 고통을 더 참기 어려운 듯 벌떡 일어선다.

두 눈을 감고 깊은 한숨을 내쉰다.

두 손을 모아 꼭 쥐고 비튼다.

메데아 내면의 무엇인가가 몸 밖으로 뛰쳐나갈 듯,

폭발할 듯 답답하다.

몸이 비틀린다.

비틀리다가 돌고 또 돌고 돈다.

메데아의 모습을 지켜보는 코러스

갑자기

나무의 형태를 깨고 호기심 가득한 동물들 몸짓을 한다.

거미처럼 뱀처럼 음험하게

종달새처럼 가볍게

표범처럼 날렵하게

각자의 습성과 방식대로

메데아에게 다가와 둘러싼다.

마치 자신의 존재를 알리듯 각자 특유의 몸짓을 보이나

메데아는 혼자 있고 싶은 듯,

성가신 듯 관심이 없다.

그러다 내면의 분노가 폭발한 듯 절규한다.

메데아   아악! 아악!

동물들, 그 절규에 놀라 뒤로 물러난다.

메데아   이아손, 저주 받을 놈! 끝장내고 싶다.
사지를 찢어 햇빛에 말려 죽이고 싶다.

코러스   왜 그러지? 왜 화났지? 왜 폭발했지? 왜? 왜? 왜?

코러스일원   남편 이아손이 도시 지배자의 딸 글라우케와 결혼한대.

코러스일원   이아손은 이 도시에서 이 여인과 두 아이와 함께 행복하
게 살기로 약속하지 않았던가.

코러스일원   옛날 말이야!

메데아   네놈이 세 치 혀로 돌이킬 수 없는 말을 퍼붓다니.
상상 속 저주스런 그림으로 펼쳐지누나.
누구 없느냐? 총으로 내 머리를 박살내다오.
단단한 흉기로 내 머리를,
내 몸을, 내 존재를 박살내다오.

메데아, 뭔가를 찾아 헤매다가 안절부절못하여 바닥에 쓰러진다.

메데아   도대체 내게 무슨 일이 일어난 거지?
도대체 내가 무얼 잘못한 거지?
도대체 이아손에게 무슨 일이 일어난 거지?
도대체 이아손이 왜? 왜? 왜?

코러스   왜? 왜? 왜?

#2

메데아, 웅크리고 앉아 있다.
움직임이 없다.

무대 맨 뒤편
상체를 드러낸 남녀
하얀색의 긴 천으로 서로의 몸을 휘감고 있다.
서로 천을 밀고 당기며
가까워졌다 멀어졌다
천으로 얼굴을 가렸다 보였다
장난친다. 웃는다.
천을 세게 잡아당기는 남자
그 힘에 이끌려 남자의 품에 안기는 여자.
스르르 남녀의 손에서 떨어지는 천.
벌거벗은 채
움직임 없이 먼데 한곳을 함께 응시한다.

메데아　　우리의 사랑은 벌거벗었다.

　　　　　　8년 전 그가 군대를 이끌고 황금을 찾으러 왔다.

　　　　　　숲속 늪지대에서 그는 전염병으로 사경을 헤매고 있었다.

　　　　　　아버지께서 직접 구해온 약초로

　　　　　　나는 그의 생명을 살려주었다.

　　　　　　이아손은 의아하게 생각하며 물었다.

　　　　　　"왜 나를 살려주는 거요?"

　　　　　　나는, "할 일을 했을 뿐입니다. 당신은 병 걸렸으니까
　　　　　　요."

　　　　　　남자, 여자를 돌려세운다.

　　　　　　깊은 키스를 건넨다.

　　　　　　점차 서로의 몸을 탐닉하는 손들.

　　　　　　가쁜 호흡과 뜨겁게 달아오르는 두 몸.

메데아　　이아손은 내게 전혀 새로운 세계였다.

　　　　　　아니, 저 밤하늘의 달과 모든 별을 담고 있는 우주였다.

　　　　　　우리를 정복하러 온 전사로서

　　　　　　그의 무뚝뚝한 냉철함은 어디로 사라졌던가.

　　　　　　강인한 눈빛, 단단한 몸,

　　　　　　힘차게 울리는 심장 소리.

　　　　　　그 역시 우리 부족 사람들과 다를 바 없었다.

　　　　　　사랑!

몸!
살아 꿈틀거리는 있는 그대로의 본성!
나는 모든 걸 바쳐 그를 받아들였다.
그와 나는 자연을 숨 쉬게 하는
위대하신 영을 향해 백년가약을 맺었다.

여자, 남자를 눕히고 올라타 적극적으로 이끄는데
남자, 참을 수 없는 듯 여자를 눕히고 여자의 두 손을 맞잡고
격렬하게 섹스한다.
여자의 비명 절정의 순간,
여자의 몸에 포개지는 이아손.

메데아   아아! 낮과 밤이 만나고
현실과 꿈이 만나는 듯
절대 잊을 수 없는 황홀한 순간!

상상을 하며 황홀함에 잠시 도취되어 있는 메데아.
여자, 일어나 하얀색의 긴 천을 들고
무대 앞으로 달려오자,
긴 천의 끝을 붙잡고 따라오는 남자.
환하게 웃는 남녀는 다름 아닌
중년의 남자 이아손,
도시 지배자의 딸 글라우케.

글라우케   아주 황홀해요. 나이에 비해 힘도 세고, 테크닉도 끝내
줘요.

이아손   젊은 애들은 싱겁지. 힘만 앞세우다 금세 시드니까.

글라우케   아버지께서는 당신이 숲의 부족을 정복한 게
대단히 지혜롭고 훌륭하다고 탄복하셨어요.
울창한 숲, 고온다습한 기후, 길고 긴 늪지대,
각종 동물들과 벌레들,
어떻게 손에 피 한 방울 안 묻히고 협정을 맺었죠?

이아손   오랫동안 숲에 살았던 부족의 지혜를 잠시 빌렸을 뿐
이야.

글라우케   황금동굴 발견하셨다면서요.

이아손   직접 황금을 보고 왔어.

글라우케   우리 도시가 더욱 강성해지고
남쪽만이 아니라 북쪽으로 영토를 확장하려면
반드시 황금이 필요해요.

이아손   황금은 내 손에 있는 거나 마찬가지.

글라우케   숲의 부족들이 황금을 빼돌리면 어떡하죠?

이아손   황금을 다른 곳에 숨길 수는 있어도
그들은 숲을 떠나 살 수 없어.
그들에게 숲은 집이고 전부니까.
걱정 마. 다 생각 있으니까.

글라우케   그 일만 성사되면, 아버지께선 당신을 절대적으로 신뢰
할 거예요.

이아손	무엇보다 당신의 힘이 아주 커.

글라우케, 이아손을 포옹하며 키스한다.

글라우케	아참, 우리 결혼 전에 메데아가 두 아이 데리고 떠난다 고 했죠?
이아손	메데아는 꼭 떠날 거야. 하지만 글라우케, 두 아이만은 받아줬으면 해. 당신 사이에서 낳을 아이들과 함께 대도시를 빛낼 후손으로 키우고 싶어.
글라우케	메데아한테 두 아이 데려오라 하세요. 내 앞에서 직접 간청하면 받아들이죠.
이아손	역시 글라우케야.

글라우케, 웃으며 천을 잡아당겨 달아나려 한다.
이아손, 천을 붙잡아 놓치지 않는다.
글라우케와 이아손이 천을 서로 잡아당기고 밀면서 놀이를 한다.
이아손, 글라우케를 자기 쪽으로 오게 하려고 천을 세게 잡아당
긴다.
글라우케, 천을 잡은 손을 갑자기 놓아버려
이아손, 바닥에 쿵 하고 엉덩방아 찧는다.
글라우케, 다시 천을 집어 자신의 가슴을 가리며 달아난다.
이아손, 호탕하게 어이없는 웃음을 웃는다.

#3

이아손, 상체를 그대로 드러내고 있고
웅크리고 앉아 있던 메데아, 괴로움에 못 견뎌 벌떡 일어선다.
두 눈을 감고 깊은 숨을 여러 번 내쉬면서 울분을 다스린다.

이아손 메데아! 나를 비난하고 개새끼라 욕해도 좋아.
아내를 차버린 철면피 같은 새끼라 해도 좋아.
하지만 우리 지배자까지 비난하고 다닐 필요는 없었어.
그분이 아시게 되면 너와 아이들이 무사할 거 같아?
나는 장담한다.
절대 너와 내 자식들 힘들게 하지 않아. 더 행복하게 할
거야.

메데아 네 말 안 믿어! 우리가 어떻게 만났지?
나더러 생명의 은인이라고 눈물 흘린 인간이 누구지?
누가 먼저 사랑을 고백했지?
아이 많이 낳자고 말한 게 누구지?
(손으로 가리키며) 너!

코러스, 메데아의 다음 대사를 장면으로 보여준다.
이아손, 단도를 꺼내어 메데아에게 건네준다.
메데아, 이아손을 원망하는 눈빛으로 바라보곤 단도를 건네받는다.

덜덜 떨리는 손, 자신의 오빠를 바라보며 다가간다.

오빠는 결심한 듯 눈을 감는다.

메데아, 몸을 돌려 세우지만 부족 구성원들의 결의에 찬 눈빛에

오빠를 찌른다.

단도를 떨어뜨리고, 오빠, 쓰러진다.

메데아   너의 명령으로 네가 내 손에 쥐어준 단도로

　　　　나는 내 하나뿐인 오빠를 찔렀어.

　　　　너에 대한 내 사랑과 대도시에 대한

　　　　우리 부족의 충성심을 증명하기 위해.

이아손   네 오빠를 찌르게 한 건 약자가 복종의 의미로

　　　　강자에게 해야 하는 우리 대도시만의 의식이야.

　　　　그 대신 네 오빠도, 숲의 부족 누구도 죽지 않았고

　　　　우린 서로 평화를 얻었잖아.

메데아   나는 지금까지 아내로서 순종해왔어.

　　　　이 도시에 와서 정숙한 여인으로 두 아이를 키우며 살아

　　　　왔어.

　　　　고향을 버리고 낯선 타지에서 산다는 게

　　　　얼마나 힘든 줄 잘 알잖아?

　　　　헌데 나를 내차고 새 장가라니!

이아손   다 맞다.

　　　　우리 대도시에 너는 잘 적응했고

　　　　정숙한 여인이 되었어.

우리 대도시의 하늘엔

태양이 지지 않는다.

모든 게 풍족하다.

우리 자식들은 장차

대도시를 이끌, 훌륭한 전사들이 될 거야.

내가 반드시 아주 강하게 키울 거야.

메데아 태양이 지지 않는다고?

태양은 뜨면 지기 마련.

낮이 가면 밤이 오기 마련.

이 도시의 광대한 땅과 하늘,

보이지 않는 공기와 바람은 원래 누구 거지?

수많은 생명들이 탄생하고

성장하고 죽어서 한 줌 흙이 되는

이 대자연은 누구 거지?

위대하신 영

위대하신 영께서

우리 모두에게 공평하게 누리라고 주신 거야.

삼라만상이 모두 잠시 스쳐지나가는 것뿐인데

대도시는

순리를 거역하고

끝없이 욕심을 부리고 있어.

이아손 우리를 함부로 욕하지 마.

분명히 말한다.

내가 글라우케와 결혼하려는 건
결단코 네가 싫거나 미워서가 아냐.

이아손, 메데아에게 다가가 속삭인다.

다만 이 결혼은 내 인생에서 가장 큰 행운.
대도시의 권력자는 늙고 병들어 있어.
오늘내일한다구!

메데아   너처럼 나도 솔직하게 속삭여볼까.
잠자리에 들면 어떤 생각들이 꼬리에 꼬리를 무는지
알아?
'요즘 들어 왜 잠자리를 계속 거부하지?
이아손의 향기로운 체취가 사라졌다.
그 대신
독하고 강렬한 향수 냄새가 코를 찌른다!
대체 어떤 년이야?
나이 든 놈이, 아니
내가 나이가 드니
젊은 계집의 쫄깃한 맛을 탐내는구나.'
이아손   천박해! 젊은 계집은 어디든 있어.

메데아, 이아손의 눈을 똑바로 응시한다.

메데아	당연히 천박하지.
	젊은 계집보다
	대도시의 혈통이 더 끌렸겠지.
이아손	메데아!
메데아	네가 어떻게 글라우케를 꼬셨지? 아니,
	노쇠하지만 깐깐하다는 권력자
	하나뿐인 글라우케를 이 세계와도 바꾸지 않겠다던
	늙어빠진 지배자가 어떻게 너 같은 위선자한테
	고귀한 딸을 선뜻 내줬을까?
이아손	좋은 길로 가고 있을 땐 뒤돌아보지 마라.
	너와 아이들을 위해 필요한 게 뭔지나 생각해.
	우리 아이들과, 대도시의 혈통으로 새로 태어날 아이들이 함께
	이아손 가문을 일으킨다.
	반드시!
메데아	우리 아버지가 가장 사랑하는 딸을 너에게 준 이유는
	단 하나, 사랑이었어.
	네가 나를 사랑하는 걸 아셨지. 과연 권력자도 그랬을까?
	네놈이 글라우케를 진심으로 사랑한다, 믿었을까?
이아손	질문! 질문! 헛되고 헛된 의심들 그만!
	진정 네가 엄마라면
	두 아이의 미래를 생각해!

글라우케는 우리 아이들과
함께 살겠다고 관용을 베풀었어.
자기가 낳지 않았는데도!

이아손, 퇴장하고, 메데아, 이아손의 뒤를 바라본다.

＃ 4

황사에 휩싸인 도시의 빌딩들
스산한 뒷골목
쓰레기 더미
누워 자거나 앉아서 자는 부랑자들.
여러 명이 바삐 뛰는 발걸음 소리
여러 개의 호루라기 소리에
깊은 정적이 깨진다. 부랑자들,
놀라 달아나는 소리,

메데아, 놀라 일어나 한쪽에 숨는다.
무대 뒤를 질주하는 한 명의 도망자
그의 뒤를 쫓는 여러 명의 추격자

뒤를 잠시 돌아보며 무대 앞을 가로지르는 도망자

무대 앞을 가로지르는 추격자들

잠시 후 도망자, 다리를 비틀거리며 쓰러진다.

메데아, 주위를 둘러보고 서서히 다가간다.

한쪽 발목을 잡고 고통스러워하는 도망자.

메데아, 조심스럽게 다가가

땀과 흙으로 범벅이 된, 도망자의 얼굴을 자세히 들여다본다.

다소 낯익은 얼굴이다.

다시 들여다본다.

메데아의 오빠다.

메데아   오빠! 오빠 맞지?

내가 찌른 단도로 죽을 뻔했던, 사랑하는 오빠 맞지?

메데아오빠 메, 메데아, 너를 찾았어.

메데아   오빠!

메데아오빠 우리 숲의 부족은 멸망했다. 모든 것이 불탔어.

메데아   뭐라구?

메데아오빠 아버지, 어머니, 부족 모두!

메데아   말도 안 돼! 어떻게 그런 일이!

메데아오빠 이웃 부족장 펠리아스!

메데아   삼촌이 왜?

메데아오빠 황금 동굴에 있던 황금이 사라졌어.

삼촌은 자기가 범인이 아니라며,

오히려 아버지가 빼돌린 것으로 의심했어.

그렇게 친했던 두 형제의 불신이 부족 간의 전쟁을 일으 켰어.

아버지는 삼촌을 달래려 했지만 동생의 분노가 폭발하 고 말았어.

메데아 불신이 우리 부족을 망쳤구나!

아, 열등감과 자존심이 강했던 삼촌!

그깟 황금에 전쟁을 일으키다니.

헌데 누가 불을?

우리는 절대 숲에 불을 지르지 않잖아.

숲은 우리의 생명이잖아!

오빠, 품에서 징표를 꺼내어 메데아에게 건넨다.

메데아, 의아해 한다.

메데아 이아손과 백년가약을 맺었을 때

어머니께서 손수 만들어 이아손에게 건네준 언약의 징표.

오빠, 고개를 끄덕인다.

메데아 이아손이?

이아손이 숲에 갔었어? 왜?

사이.

메데아오빠 이아손은 황금 동굴의 위치를 아는, 또 다른 자.
이아손 군대가 삼촌이 이끄는 이올코스 부족으로 변장
하여 황금을 훔쳐 달아났지.
삼촌은 자신이 범인으로 의심 받는 걸 못 참았지.
이아손은 싸움의 불씨를 만든 장본인.

메데아 아! 이아손!

메데아오빠 이 징표를 보여주고 우리 구역에 쉽게 들어와
모든 황금을 훔치고 달아난 악마.

메데아 아냐! 아냐! 절대 아냐!
이아손이 어떻게……!

코러스, 메데아 오빠의 대사에 맞춰
숲의 화재시 생겨나는 혼란과 공포를 표현한다.

메데아오빠 메데아!
불붙은 나무들이
시뻘건 불덩이로 쓰러져 뒹굴고
모든 생명들은 공포에 떨며 도망치고
하얗고 검은 연기는 안개처럼 앞을 가린다.
살려줘! 살려줘!

메데아 아아, 무섭다.

지상의 모든 생명 중에

인간만큼 잔인하고 무시무시한 짐승은 없구나.

이아손, 황금을 대부족장에게 갖다 바치고,

글라우케와 결혼해서 권력을 취하겠다?

이 개만도 못한 새끼!

두 눈알을 빼고 사지를 절단하고 살가죽을 벗기고

뼈들을 으그러뜨려 짐승들에게 던져줘도 시원찮은 놈!

아! 아! 이 언약의 징표가 불행과 파멸의 징표라니!

오빠, 메데아의 손을 꼭 잡는다.

사방을 경계하며 좁혀 들어오는 추격자들의 인기척 소리.

메데아, 오빠를 숨길 곳을 찾으려 하나

마땅한 곳이 없다.

추격자들의 발소리가 사방에서 점점 더 크게 들려오자

안절부절못하는 메데아, 오빠를 바닥에 눕힌다.

오빠, 고개를 끄덕인다.

메데아, 오빠를 잠시 포옹하고 두어 걸음 떨어져 애도한다.

돌아서려는 순간,

가까이 접근해 있는 추격자들

메데아를 체포하고 오빠를 둘러싼다.

추격자일원 드디어 찾았다.

          (메데아에게) 너도 이 자와 한패지?

메데아   아, 아니오. 이 자는 처음 보는 자요. 쓰러져 있길래 잠시…….

추격자일원 이 미꾸라지 같은 새끼!

추격자들, 오빠를 짓밟아 죽인다.
괴로움을 참는 메데아.

추격자일원 너는 누구냐?

메데아   나는, 나는 이 대도시의 위대하신 전사 이아손의 아내.

추격자들, 고개 숙여 인사하고 오빠를 번쩍 들어 퇴장한다.
메데아, 비겁한 자신의 모습에 통분하며 눈물 흘린다.
자신의 가슴을 때리고 옷을 쥐어뜯고
머리를 바닥에 몇 차례나 박는다.

＃5

조각상처럼 멍하니 서 있는 메데아.
이아손, 메데아의 손을 잡고 걷는다.

마치 맹인을 이끌 듯 천천히 이끈다.

글라우케의 앞에 대령한다.

이아손, 메데아의 상체를 숙이게 하여

글라우케에게 인사하게 한다.

이아손, 메데아의 상체를 다시 바르게 일으켜 세운다.

이아손　웬일인지 요즘 말이 없어. 정신 나갔나 봐.

내가 이끄는 대로 따라왔지만,

평소엔 아무 말도 않고 아무 행동도 하지 않고

멍하니 앉아만 있어.

글라우케　우리 결혼 소식에 충격 받았나요?

이아손　잘 모르겠어. 그렇게 나약한 여자가 아닌데……

아마 그럴 지도…….

글라우케　잘 됐군요.

어차피 조각상처럼 죽어 있는데

명령한들 무슨 소용 있겠어요.

추방시킬 필요도 없이

가만 놔두면 되겠군요.

노예만도 못 한 처지가 됐어요.

(코러스에게)

자, 이제 너희들은 앞으로 다가올, 나와 위대하신 전사

이아손 장군과의 혼례를 위해 신나는 음악을 연주하라.

경쾌하고 신나는 음악이 울린다.

몇 명이 음악에 맞춰 춤을 춘다.

처음에는 경쾌하고 다소 우스꽝스럽다가 차츰 빠른 장단의 음악으로 바뀐다.

글라우케, 이아손, 연회를 즐긴다.

조각상 같은 메데아,

어느 순간 음악에 감전된 듯

신들린 무당처럼 춤을 추며

향연을 위해 춤추는 자들 틈에 끼어 하나가 된다.

글라우케, 이 모습을 호기심 있게 바라본다.

이아손, 메데아의 춤추는 모습에 놀란다.

빠른 템포의 음악이 절정으로 치달을 때

메데아, 동작을 멈추더니

순식간에 맥이 풀린 듯 쓰러진다.

글라우케, 이아손, 연희자들 모두 놀라 반사적으로 일어난다.

6

메데아　　나는 고아다.

사랑하는 아버지와 어머니, 형제자매들
모두 잃었다.
위대하신 영께서 보살피는 신성한 숲
햇빛, 구름, 바람, 비, 눈, 밤하늘의 수많은 별들
뱀처럼 구불구불 휘어도는 강
다정스레 옹기종기 모여 있는
집들 모두 없다.
한순간에 과거가 사라졌고
현재가 죽었다.
아아! 우리를 굽어 살피는 위대하신 영이시여!
대체 제게 내일이 무슨 의미란 말입니까.

코러스 메데아, 용기를 내.
너는 고아가 아냐.
이아손은 너를 싫어해서 헤어지는 게 아니라잖아.
네겐 두 아이가 있어.
두 아이는 네 소중한 마지막 희망
함께 살아가야지.
다시 미래를 꿈꿔야지.

메데아 아냐. 죽여야 해.
사랑을 버린 배신자
황금에 눈이 멀어 약속을 깨뜨린 놈
위대하신 영께 바친 맹세를 저버린 놈
글라우케가 죽으면 글라우케를 하늘같이 떠받들던

	권력자도 함께 죽겠지.
	그리고, 그리고 이아손의 자식들까지.
코러스	이아손의 자식들까지라니! 안 돼, 메데아!
메데아	배신자는 두 아이를 영영 보지 못 하리라.
코러스	네 진심이 아니야!
메데아	(자신의 뺨을 후려갈기며) 메데아!
	내가 제 정신이라고 생각해?
	지금 살아 있다고 생각해?
	내가 인간이라고 생각해?
	그런 새끼가, 눈곱만큼이라도 정말 인간이라고 생각해?
코러스	복수는 복수를 낳는 법.
메데아	두 아이가 죽어
	이아손의 두 눈에서 피눈물이 흐르게 할 거야.
	내 의지는 흔들림 없다.
코러스	메데아, 메데아!
	마지막으로 한번만 더 이성을 갖고
	침착하게 생각해보자.
메데아	이성이라고? 이성이 만들어낸 게 대체 뭔데?
	이 살벌한 도시?
	폭력과 위선? 지옥?
	글라우케가 죽으면
	두 아이가 무사할 거 같아?
	이아손이 위대하신 영웅으로 칭송받아도

글라우케의 죽음 앞에 온전할 거 같아?

코러스 메데아, 메데아!

메데아 꺼져! 내 앞에서 사라져!

이제 나는

아무것도 듣지 않아!

아무것도 믿지 않아!

메데아, 자신을 괴롭히는 코러스를 향해 달려가

두 손으로 휘저으며 그들을 물리친다.

독백에 제시된 생명체들이 하나씩 나와

가장 무섭거나 특징적인 동작을 취하며

분노의 모습을 표현한다.

나무들이 불에 활활 타올라

초록 숲은 잿더미가 되었다.

온몸이 녹아버린

독거미야 전갈아

불길에 온몸이 뒤틀려

하얀 알들을 품고 새까맣게 죽은 뱀들아

숲을 못 빠져나가

질식해버린 표범아 멧돼지 가족들아

둥지가 사라져

날갯짓하다 추락한 독수리야

저놈들에게 복수하기 위해
너희들의 재능을 잠시 빌리자.
상대를 제압하는 본능
날렵하고 억센 힘
치명적인 독
한번 목표물이 정해지면
끝까지 물고 늘어지는 살기를 빌려다오.
형형색색 달콤한 열매들아
화려한 버섯들아
무성히 자라나는 풀들아 약초들아
네 몸에 숨겨진
독성을 내게 빌려다오.
원수의 숨통을 단숨에 끊어버리리라.

메데아, 어떤 의식을 치르듯 호리병에 생명체들의 독과 침을 담
는다.

저주받은 인간은 사지가 뒤틀리고
두 눈알과 혀가 빠져나오고
비명도 없이
눈, 귀, 코, 입
모든 구멍으로
엄청난 피를 토하고 지옥 가리라.

7

이아손   메데아, 결정은 했지?

메데아, 고개 끄덕인다.

이아손   이해해줘서 고마워.
메데아   고향에 돌아갈 거야.
이아손   고향엔 안 돼.

메데아, 이아손의 얼굴을 뚫어지게 바라본다.

이아손   아이들은 장차 이곳에서 자라야지.
메데아   원하면 데려가. 나 혼자 돌아갈 거야.
이아손   괜찮겠어?
메데아   누구든지 태어난 곳으로 다시 돌아가게 되어 있어.
         숲을 떠난 이후 단 한 번도
         위대하신 영께 경배 안 한 적 없어.
이아손   위대하신 영은 언제 어디서나 있으니까
         굳이 고향에 갈 필요는 없잖아.

메데아, 이아손의 눈을 뚫어지게 바라본다.

잠시 침묵.

메데아 두 아이 남겨두는 대신 조건이 있어.

이아손 뭐?

메데아 글라우케한테서 직접 듣고 싶어.

우리 아이들을 잘 키워주겠다고.

이아손 걱정 마. 글라우케도 당신만큼이나 사랑하는 여자야.

메데아 자기 피, 아니 권력자 가문의 피가 섞이지 않은

아이들인데 얼마나 따뜻한 사랑을 줄까?

이아손 뒷일은 내가 알아서 할게.

메데아 떠난다니 홀가분해.

이아손의 아내로 대도시 여인이 되려고 애썼는데……

참 이상해. 이곳 여인들의 눈빛,

우리 부족 여인들의 눈빛과 사뭇 달라.

친절한 것 같은데 형식적이고

점잖은 말씨를 쓰는데 그 속엔 칼이 있고.

공손하고 예의 바른데 가식이 느껴져.

칭찬하고 돌아서면 수군거리고.

아름다워지려고 옷이며 액세서리며 화장이며

치장은 많이 하는데 전혀 마음이 안 예뻐.

이아손 대체 무슨 말을 하려는 거야?

메데아 내 고향엔 부족한 게 없지.

강에 물고기가 풍족해서도 아니고

사냥할 동물들과 채취할 식물들이 많아서도 아냐.

꼭 먹을 만큼만 취해.

이 도시의 시민들처럼 들소 무리 봤다고 해서

닥치는 대로 잡지 않아.

우리는 그중에서도

가장 늙고 병든 들소 몇 마리만 잡아.

그 이상을 탐하면

산과 숲과 대지

하늘과 공기와 바람을 다스리시는

위대하신 영께서 진노하지.

"이 숲은 생명의 거미줄.

우리 인간은 생명의 거미줄을 짜는 게 아니라

다만 그 거미줄의 한 가닥일 뿐."[1]

그래서 우리는 먹기 전에

우리를 위해 생명을 내어준 동물들에게

미안함과 감사의 기도를 올려.

이아손 우리는 그런 미개한 생활로부터 한참 벗어났어.

메데아 이아손, 우리 어머니가 당신에게 선물로준 징표 잘 갖고 있지?

이아손 (당황하며) 아, 그래.

---

1) 드와미쉬-수콰미쉬족의 시애틀 추장,「우리는 결국 모두 형제들이다」, Ernest Thompson Seton, The Gospel of The Redman, 김원중 역,『인디언의 복음』(두레, 2000), 248면.

코러스   (메데아의 아버지 음성으로)

오래 오래 장수하면서

아이들 많이 나아 건강하게 키우고

부디 행복하게 잘 살아라.

이아손   이제 네 뜻 알았으니까 글라우케에게 전하지.

(밖을 향해) 글라우케! 글라우케!

메데아, 잠시 놀란다.

이아손   내가 사는 곳을 보고 싶다고 해서.

사실 네가 정신이 돌아왔다니까 한번 보고 싶다는군.

메데아   잘 됐네.

우리 아이들이 그동안 갈고 닦은

검술을 보여줘야겠어.

우리 아이들이 글라우케의 눈에 들려면

용맹을 보여야 하니까.

글라우케, 등장한다.

메데아, 인사한다.

메데아   얘들아, 이리 나와라.

이 도시를 다스리시는 분의 따님

아주 고귀하시고 지혜로우신 분

글라우케 님께서 친히 오셨다.
와서 인사드리고
너희들의 검술 솜씨를 보여드려라.

두 아이, 검술 대련을 시작한다.
내리치고 막고 찌르고 제치고
발을 내딛고 물러서면서
다소 서투르지만 제법 진지하게 구르기도 하면서
팽팽한 긴장감이 흐른다.
한 아이가 뒤로 넘어지자
다른 아이가 쓰러진 아이를 올라타 검을 내리찍으려 한다.

이아손   안 돼! 안 돼!

올라탄 아이, 검을 거두고 일어선다.
아래에 깔린 아이의 손을 잡아 일으킨다.

글라우케, 박수 친다.

글라우케   둘 다 검술 실력이 뛰어나네요.
아버지보다 용감하겠어요.
메데아   과찬의 말씀입니다, 글라우케 님.
이곳까지 오시느라 고단하셨을 텐데 편히 쉬십시오.

저는 애들을 씻기고

애들과 함께 마지막 밤을 보내겠습니다.

이아손, 고개 끄덕인다.

두 아이, 글라우케와 이아손에게 공손히 인사한다.

메데아, 글라우케에게 인사한 후 두 아이 데리고 떠난다.

글라우케   이상하죠?

              메데아는 엄마로서 모성애도 없나요?

이아손   지난번 연회에서 쓰러졌다 깨어난 후 생각이 바뀌었어.

              아이들의 장래를 위해 신중하게 결정했대.

글라우케   시골 여자라 그런지

              반항심도 없고 뭐든지

              자신의 운명으로 쉽게 받아들이는군요.

이아손   그래.

메데아, 다시 등장하여 한쪽에 서서 둘의 대화를 듣고 있다.

글라우케   메데아, 여자 맞나요?

이아손   ?

글라우케   한번 시험해 볼까요?

이아손   메데아는 한번 말한 것은 지키는 여자야.

글라우케, 이아손의 이 말에 웃는다.
이아손에게 다가가 웃옷을 벗기려 한다.

글라우케   지금 여기에서 당신과 섹스 할 거예요.

이아손이 제지하며 글라우케의 손을 잡자.
글라우케, 그의 손을 천천히 떼어낸다.

글라우케   메데아는 당신을 사랑하지 않았어요.
왜냐구요?
남편을 빼앗겼는데도 질투를 안 한다면
사랑하는 여자가 아니죠.
이아손   결혼 소식 듣고 충격 받았잖아.
글라우케   순순히 남편도 빼앗기고 자식마저 내어놓는
메데아의 진심이 무엇일까?
이아손   그냥 보통 여자야.
메데아는 여자로서 시련과 아픔의 과정을 다 겪었다구.
설령 진심이 아니라 해도 우리 앞날에
장애가 될 게 뭐 있어.

글라우케, 호탕하게 웃는다.
이아손, 잠시 당황한다.

글라우케   보통 여자.

내가 여기 오자고 한 진짜 이유 알아요?

(사이) 이아손.

이아손, 글라우케가 자신의 이름을 부르자 더욱 당황한다.

글라우케   웃옷 벗어!

이아손   글라우케!

글라우케   말 안 들려! 벗어! 벗으라구!

이아손, 글라우케의 무례한 언행에 입이 벌어질 뿐이다.

이아손   (애써 웃으며) 장난이 심하다.

글라우케   장난 아냐.

대도시의 권력자의 딸 글라우케가

전사 이아손에게 마지막으로 명령한다. 벗어!

이아손, 주춤주춤하며 웃옷 벗는다.

글라우케, 이아손에게 다가가 그의 바지를 내린다.

이아손, 수치심을 억누른다.

글라우케, 이아손의 뒤에서 껴안으며 이아손의 몸을 더듬는다.

글라우케   이아손.

당신은 곧 내 아버지의 후계자가 될 거야.

황금을 아버지께 바쳤으니

대부족은 더욱 강대해질 거야.

(사이)

장군께 명령하고 반말해서 미안해요.

이 모습을 메데아가 봤으면 좋겠어요.

메데아가 어떻게 반응할까?

두 눈으로 똑똑히 보고 싶어요.

글라우케, 몰입하여 이아손의 몸을 애무한다.

이아손, 글라우케의 애무를 마지못해 받아준다.

둘은 서서히 빠져든다.

글라우케   아참! 숲에서 나는 열매로 담은 과실주 있다고 했죠?

한 잔 하면서 즐겨요, 예?

이아손   으, 응.

글라우케, 떨어지자.

이아손, 바지를 올리고 바지춤을 추스른다.

메데아, 차가운 표정으로 바라본다.

주변에서 하나둘씩

형형하고 매서운 동물들의 눈빛들이 나타난다.

이아손, 호리병의 술을 두 개의 잔에다 따른다.

한 개의 잔을 글라우케에게 건넨다.

둘은 마주보며 건배를 하고 한 모금씩 마신다.

글라우케   독한데? 약간 톡 쏘는 게.

이아손, 고개를 갸웃거리더니 마신 술을 내뱉으려 애쓴다.

글라우케, 이아손에게 다가가 그의 등을 두들기는데

갑자기 얼굴 표정이 변하며 잔을 떨어뜨린다.

자신의 목과 배를 잡더니 토한다.

자신도 주체할 수 없는지

너무 괴로운지

너무 화가 났는지 죽일 듯이 두 눈을 부라리고

이아손의 멱살을 움켜쥐고

부들부들 떨더니 풀썩 쓰러져 괴로워 뒹군다.

당황한 이아손, 글라우케를 붙잡고

어떻게 해보려 하나 역부족이다.

이아손도 글라우케와 똑같이

자신의 목을 붙잡고 토한다.

몸을 뒤튼다. 쓰러진다.

가까스로 일어선다.

글라우케에게 다가가려는데

비틀거리다가 다시 쓰러진다.

마지막으로 일어서려 안간힘을 써보나
움직이지 않는다.

메데아, 쓰러진 두 사람에게 다가간다.
손에는 다른 호리병이 들려 있다.

메데아　죽어야 할 인간들은 마땅히 죽어야지.
이아손, 계집의 손잡고 지옥 여행 함께 해야지.
서로가 달려들어
살가죽을 물어뜯고 두 눈알을 파먹고
고통을 즐기며 영원히 싸워야지.
죽음의 시간은 앞당길수록 더욱 좋지.
죽어야 할 인간들은 마땅히 죽어야지.

메데아, 손에 든 호리병의 액체를 이아손의 입에 넣어준다.

하지만 이아손 지금은 안 돼.
지금 네가 죽는 건 행복한 사치이고 호사다.
죽지 않고 오래오래 살아서
더 처절한 고통을 뼈저리게 겪어야 해.
그 고통의 몇십 배, 몇백 배를 짊어져야 해.

이아손, 여러 번 구토를 한다.

숨을 크게 내쉰다.

괴로운지 몸을 움츠린다.

메데아, 그의 상체를 천천히 일으켜 가까스로 앉아 있게 한다.

아아손, 죽어 있는 글라우케를 발견하고 기어간다.

이아손　　글라우케, 글라우케!

메데아　　저승에 갔어.

이아손, 돌아본다.

이아손　　대체 왜? 왜?

메데아　　죽어야 할 인간이니까. 당신도.

이아손　　글라우케가 잘못한 게 뭐야? 당신이 다 받아들였잖아.

메데아　　그럼 내가 잘못한 건 뭐지?

　　　　　　내 가족과 숲의 부족이 잘못한 게 뭐지?

　　　　　　왜 너의 더러운 탐욕 때문에

　　　　　　삶의 터전인 숲이 잿더미가 되어야 했지?

이아손　　대체 무슨 뚱딴지 같은 소리야!

　　　　　　숲은 당신 고향,

　　　　　　내 생명을 살려준 은혜의 땅.

　　　　　　나는 더 이상 부족한 게 없어.

　　　　　　누굴 죽이고 왜 숲을 잿더미로 만들어!

메데아　　알고 있었군.

이아손 뭘?

메데아 방금 죽였다는 말 했잖아.

이아손 헛나온 거야. 몰라 난!

메데아, 징표를 이아손 앞에 던진다.

이아손, 징표를 집는다. 많이 놀라는 표정을 애써 감춘다.

이아손 잘 알잖아.

내가 대부족장이 되고 싶어 하는 거.

황금이 절실했어.

황금을 훔친 것은 맞지만,

없어진 황금 때문에 네 아버지와 동생이 싸웠고

그러다 불이 났어.

그렇게 잿더미가 될 줄은 꿈에도 생각 못 했어.

난 아니야!

메데아 이아손.

우리가 너의 생명을 살려준 대가로

너는 숲에 황금 동굴이 있다는 사실을

비밀로 하기로 맹세했어.

우리는 위대하신 영 앞에 나아가

백년가약을 맺었고

어떤 고통과 시련도 함께 이겨내기로 약속했어.

아직도 너한테 생각할 수 있는 의식이 남아 있다면,

네 꼬라지를 똑똑히 봐.

이아손 방금 한 말은 모두 사실이야, 사실.

대체 어떤 놈이 거짓말을 했어!

메데아 너를 죽게 내버려 둘 수 있었어.

하지만 너한테서 마지막 진실을 듣고 싶었다.

적어도 그 징표를 보면

네가 저지른 엄청난 만행에 대해

새의 깃털만큼이라도 참회할 줄 알았다.

이아손 그래, 참회한다 치자.

네가 지금 무슨 잘못을 저질렀는지 알아?

글라우케를 살해했어.

그녀의 아버지가 가만있을 거 같아.

이 엄청난 살인을 저질러놓고

살아남을 수 있을 거 같아.

메데아 권력자가 글라우케의 사망 소식을 듣는다면,

기쁘고 기쁘도다!

쓰러져 한 평도 안 되는

깊은 땅속 어둠에 묻히겠지.

똑바로 봐, 이아손.

네 눈 앞에서

네 가문을 일으킬

네 핏줄이 편안히 죽어가는 모습을!

아무 죄 없이 선량하고 무지한

자식들의 어처구니없는 죽음이
얼마나 황당하고 고통스러운지!

이아손   말도 안 돼! 그러지 마!

이아손, 메데아에게 다가가려 애쓰나 몸이 마음대로 움직여지지 않는다.

메데아   사랑하는 아이들아! 어디 있니?
이리 오너라.

코러스   네 자식이야. 모리스, 글리코스
당신 뱃속에서 태어난 아이라구!

메데아   그날 이후 악몽에 시달린다.
밤마다 뜬 눈이다.
잠을 청하려 눈을 감으면
신성한 숲은 거대한 불덩이 되어
밤하늘의 은하수를 쫓아내고
도망치는 날짐승의 날개마저 태워버린다.
숲의 부족과 모든 생명들이
불붙은 몸으로 길길이 뛰다가
비명을 지르며 타 죽어가고 있어.
아아!

코러스   메데아, 지워. 지워버려.
헛된 몽상이라 생각해.

너만을 생각해.

복수하려면 끝까지 살아서 복수해.

다 받아들이기로 했잖아.

이아손의 결혼 허락하고

미래를 위해 아이들까지 주기로 했잖아.

다 버려! 깡그리 지워!

그래야 네가 살아.

지금 이 순간 너만을 생각하고

자신에게 집중하라구!

메데아   내 아버지,

내 아버지의 아버지,

아버지의 아버지의 아버지 조상들은

늘 말씀하셨다.

"우리 인간이 이 땅에 속하는 것이지

땅이 인간에게 속하는 것이 아니다.

인간은 바다의 파도처럼 잠시 왔다 간다."[2]

코러스   메데아,

너마저 저주의 늪에 빠지고 있어.

복수는 복수를 낳을 뿐,

메데아   숲의 영혼들이 나타나

---

2) 드와미쉬-수콰미쉬족의 시애틀 추장, 「우리는 결국 모두 형제들이다」, Ernest Thompson Seton, The Gospel of The Redman, 김원중 역, 『인디언의 복음』(두레, 2000), 248-249면.

서럽게 아주 서럽게 울부짖고 있다.
아아! 이젠 이렇게 환한 대낮에
눈을 뜨고 있어도
신성한 영혼들이 나타난다!
노래를 부른다!
춤을 춘다!
땅 밟으며 진노한다!
소리 높여 절규한다!

코러스, 영혼들이 되어 노래하고, 춤추고, 땅 밟으며 절규한다.

이아손 너를 죽여버릴 거야!

메데아 모리스! 글리코스!

두 아이, 나타난다.

이아손 가거라, 어서!
네 어미가 너희를 죽이려고 해!

메데아, 두 아이를 뜨겁게 포옹한다.

메데아 모리스, 글리코스,
실컷 뛰어놀았구나.

자, 갈증 나지?

이아손 마시지 마. 독이야!

메데아 아버지는 우리들을 남겨 놓고

이 도시 지배자의 딸에게 새장가 가신다.

알고 있지?

두 아이, 고개를 돌려 이아손의 얼굴을 바라본다.

메데아 주욱 마셔.

이 숲에서 나는 여러 열매들로 만든 주스.

이아손 아가야, 이리 온! 어서!

두 아이, 이아손과 메데아의 얼굴을 한 번씩 바라본다.

메데아, 호리병을 모리스의 손에 쥐어주자

모리스, 호리병을 입에 대고 마신다.

글리코스, 모리스가 들고 있는 호리병을 빼앗아 마신다.

메데아, 호리병을 빼앗는다.

두 아이, 더 마시고 싶어 하는 표정 역력하다.

이아손 어서!

메데아 (울음 참으면서) 가지 마! 아빠한텐 절대 안 돼!

모리스! 글리코스!

이제 엄마 품으로 오너라.

두 아이, 메데아 품에 안긴다.

메데아   우리 착한 아가들.
실컷 뛰어놀았으니 조금 졸릴 거야.
엄마가 재미있는 얘기 들려줄까.
들으면서 한숨 자.
귀여운 너희들이 엄마 뱃속에 있었을 때 얘기야.
(사이)
글리코스, 너는 엄마 뱃속에서도
아주 용감했단다.
발로 계속 엄마를 차고 꿈틀거렸지.
"엄마, 제발 바깥으로 나가게 좀 해주세요?"
아빠와 함께 뱃속에서 이리저리
움직이는 네 모습을 보며 얼마나 신기했는지 모른단다.
그리고 모리스는 형과 다르게
아주 조용했단다.
"얘는 대체 뭐 하고 있지?"

메데아, 말을 못 잇더니 펑펑 울기 시작한다.
두 아이, 메데아의 품에서 잠들어 있다.

메데아   모리스! 글리코스!
미안하다. 정말 미안하다.

사랑하는 아들들아!

이아손 메데아! 이 죽일 년!

모리스! 글리코스! 자면 안 돼!

모리스! 글리코스! 일어나!

메데아, 일어선다.

메데아 내 사랑하는 두 아들

모리스와 글리코스가 지금

일어나 살아난다면,

정말 살 수 있는 걸까.

우린 죽인 역적이 되고

두 아이는 역적의 아들이 되겠지.

살아남는다 해도

이아손 당신보다

더 큰 불행과 고통을 짊어지고

살아가게 될 거야.

달콤한 주스를 마시고 편안히 잠드는 것이

살아서 고통 받을 지옥보다는 훨씬 낫겠지.

이아손, 너는 오래 오래 살아서

죽은 두 아이의 모습을 지옥까지 가져가야지.

이아손 천하에 잔인한 년!

무시무시한 년!

너는 여자가 아니야!
너는 인간이 아니야!

메데아, 이아손을 보고 잔잔한 미소를 짓는다.
다른 술병을 들고 쓰러져 있는 글라우케에게 다가간다.
술병을 기울여 글라우케의 입술 안으로 액체가 흘러들어가게 한다.

메데아   이아손.
잠깐이지만, 아주 잠깐이지만
잠든 시간은 죽음의 시간.
글라우케는 곧 깊은 잠에서 깨어날 거야.
그 죽음의 시간 동안
너는 얼마나 괴로웠고 분노했는가.
그 죽음의 시간이 얼마나 의미 있는가.
네가 사랑하는 사람의 죽음이 얼마나 고통스러운지
너를 사랑했던 사람의 삶이
죽음처럼 얼마나 고통스러운지
이제는 깨닫겠지.

이아손   아! 글라우케!

메데아   이아손.
이아손은 이아손.
메데아는 메데아.
나는 결코, 네가 아니다.

8

제의를 알리는, 엄숙하고 숭고한 음악과 함께 의식이 벌어진다.

메데아   어서 오세요.

아버지, 어머니, 오빠!

아저씨, 아주머니, 이웃 분들 모두! 어서 오세요.

뜨거운 불구덩이 속에서 죽어간,

말 못하는 생명들아 모두 오너라!

우리 모두 숲에서 태어난 자손들.

태초의 숲도 새로운 도시도

끝없이 얽혀 있는 생명의 거미줄.

숲의 부족 영혼들과 생명들, 하나둘씩 나타난다.

메데아, 한 영혼으로부터 작은 나무 한 그루를 전달 받는다.

한가운데에 그 나무를 놓는다.

숲의 부족 영혼들, 의식의 춤을 추는데

나무를 땅에 심을 때 하는 여러 행위들의 과정과 유사하다.

땅을 파고 나무를 정성스레 심고 흙을 덮고

덮은 흙을 발로 다져서 밟고 정성스레 나무에 물을 주고

하늘과 햇빛과 공기와 땅을 향해 기도를 한다.

나무 심는 의식이 끝나면

주문을 외며 리듬에 맞춰 나무 주위를 돈다.
나무는 나무는 나무는
위대하신 영혼 생명의 나무
하늘을 열고 해를 낳고
공기를 주고 땅을 만들고
나무는 나무는 나무는
위대하신 영혼 생명의 나무
달을 띄우고 별들 뿌리고
물길을 열고 사람을 낳고

나무는 나무는 나무는
위대하신 영혼 생명의 나무
들판에 꽃씨들 눈부시게 휘날리고
바다 춤추고 물고기들 솟구치고

나무는 나무는 나무는
위대하신 영혼 생명의 나무
생명을 낳고 죽음을 낳고
고통을 나누고 기쁨을 즐기고

나무는 나무는 나무는
위대하신 영혼 생명의 나무
숲 우거지고 도시가 숨 쉬어

끝없이 얽혀 있는 생명의 줄

나무는 나무는 나무는
위대하신 영혼 생명의 나무
나무는 나무는 나무는
위대하신 영혼 생명의 나무
....
....

숲의 부족 영혼들, 생명들의 의식무가 진행되는 동안
메데아, 쓰러져 있는 글라우케에게 애도를 표한다.
메데아, 기도를 하며 의식을 마무리한다.
숲의 부족 영혼들, 생명들, 경건히 서 있다.
메데아, 천천히 걸으며 자신이 살았던 곳을 둘러본다.
돌아서 두 아들을 보고 그들에게 다가간다.
메데아, 두 아들을 부르며 흔들어 깨운다.

메데아   모리스! 글리코스!
내 사랑하는 아들 귀여운 개구쟁이들 해 떴다.
눈을 뜨렴. 이제 여길 떠나야 해. 모리스, 글리코스!

두 아이, 부스스 일어나며 깨어난다.
크게 기지개를 켠다.

메데아　　우리의 새 집이 기다리고 있어.

두 아이, 메데아가 내미는 손을 잡고 일어선다.

메데아　　가자!

메데아, 두 아이 손잡고 앞장서고
영혼들 무리, 그 뒤를 따라 떠나간다.
동시에 코러스의 외침.

코러스　　대부족장이 죽었다!
대부족장이 죽었다!
대부족장이 죽었다!

멀리
황사에 휩싸인 도시의 빌딩.
깊은 적막.
홀로 남은 이아손.

막.

〈메데아 네이처〉 작가의 말

홍창수 (극작가 · 고려대 교수)

　토마스 벌핀치의 『그리스로마신화』에는 메데아 관련 설화들이 나오는데, 이 설화는 주인공으로서의 메데아 이야기라기보다는 조연으로서의 메데아 이야기다. 메데아는 이아손의 목표 성취를 돕는 마법의 조력자이자, 모험의 영웅 이아손의 일등공신으로 등장한다.

　에우리피데스의 〈메데아〉는 이런 이아손의 영웅담이 끝나는 시점에서 시작한다. 이 작품에서 위기 시에 마법을 부리는 메데아는 존재하지 않는다. 오히려 배신한 남편에 대한 고통과 분노, 추방에 대한 억압과 복수의 의지 등, 한 여인으로서 겪을 수밖에 없는 메데아의 내면을 섬세하게 구축해놓고 있다.

　메데아를 다룬 한 연구에 의하면, 메데아를 보는 그리스적 관점이 19세기까지는 지배적인 영향을 끼쳤는데, 20세기 들어와서야 새로운 관점으로 해석한 창작물이 탄생되었다고 한다. 한스 얀의 〈메데아〉(1926)는 인종주의 비판의 관점에서 메데아를 늙고 살쪄서 더 이상 성적 매력이 없는 흑인여자로, 이아손을 호색한으로 형상화했다. 하이너 뮐러의 『황폐한 물가 메데아 자료 아르고호 사람들이 있는 풍경』(1982)은 이아손과 메데아의 관계를 약탈자와 피해자로 설정하여 식민주의 비판의 관점을 설정하였다.

메데아는 이국땅에 끌려온 성적 쾌락의 대상, 이아손의 자식을 낳아준 피해 여성이다. 크리스타 볼프의 『메데아, 목소리들』(1996)은 페미니즘 관점에서 지배적인 남성 중심사회를 비판한다.

그렇다면, 21세기 현대를 살아가는 지금의 상황에서 메데아를 새롭게 바라볼 수 있는 관점은 무엇인가? 기존에 메데아에 대해 새롭게 관점을 제시한 작품들과는 다르게, 오늘날의 관객과 소통할 수 있게 메데아를 어떻게 재창조할 수 있는가?

21세기 현재에는 그리스적 관점, 달리 말해 유럽적인 관점에서 벗어날 필요가 있다고 본다. 설화에서 코린토스는 이아손이 야망을 품고, 메데아에게 추방 명령을 내리는 크레온 왕이 지배하는 곳이었다. 그곳은 지금의 그리스 지역에 속한다. 메데아가 사는 콜키스는 그리스 동쪽의 에게해를 지나고, 터키의 이스탄불이 있는 해협을 지나면 흑해가 나오는데, 그 흑해의 동쪽에 있는 왕국이었다. 그곳은 지금의 그루지아(또는 조지아) 나라의 서부 지역에 속한다. 따라서 고대 그리스에서 볼 때 콜키스란 까마득히 멀리 떨어져 있는 동쪽의 야만국일 뿐이다. 새로운 현재적 관점을 위해서는 고대 그리스라는 시간적 배경과, 그리스라는 설화적 공간, 나아가 콜키스를 포함하는 유럽의 역사적 시간과 공간의 제약에서 벗어날 필요가 있다.

이번에 새로 쓴 〈메데아 네이처〉는 21세기 현대를 성찰할 수 있는 새로운 관점으로 생태주의(Ecologism)를 제시한다. 메데아가 여성이라는 점을 강조한다면 좀더 적극적으로 에코페미니즘(Eco-feminism)을 제시할 수 있다. 생태주의는 오늘날의 과학 기술 발전이 인류를 포함한 지구 환경에 치명적인 결과를 줄 수 있다는 반성적 인식에서 생겨난 학문이다. 자연을 개발의 대상으로 간주하고 인간이 자연과 세계의 주인이라는 근대적 인식에서 벗어나 인간을 포함한 모든 생명체들이 '생명의 고리'로 연결되어 균형 잡힌 하나의 전체라는 사유를 근본으로 한다.

생태주의 관점은 그리스 설화와 비극의 주인공 메데아라는 존재를 새롭게 규정하는 데 도움을 준다. 메데아는 더이상 마녀나 악녀가 아니다. 오히려 메데아는 문명에 길들여지지 않은, 숲과 자연의 일부다. 자연 속에서 자연의 한 생명체로서 자연과 하나가 되어 살아가는 존재다. 이에 반해 이아손은 근대 권력과 자본의 상징적 존재다. 자신의 권력 야망을 실현하기 위해 자연의 은혜를 저버리고 파괴시키는 계기를 만드는 존재다. 이런 점에서 이 작품은 메데아 존재와 생태주의의 효과적인 구체화를 위해 유럽 침략 이전의 아메리칸 인디언 사회와 삶과 정신을 끌어들였다. 이제 메데아는 도시와 숲, 문명과 자연, 인간 중심과 자연 중심, 권력 또는 자본과 생명이라는 대립 구도에 놓여 있다. 그렇다면, 이런 메데아가 이아손의 고통을 극대화하기 위해 그가 가장 사랑하는 두 아들을 죽여야 한단 말인가? 고대 그리스와 이후 유럽에서 보여준 팜므파탈의 이미지를 21세기에도 계속 형상화해야 한단 말인가? 그래야 메데아로서의 존재가 관철되는 것인가? 생태주의와 에코페미니즘의 관점에서는 더 이상 복수를 위한 살생과 무고한 두 아들을 희생양으로 삼지 않는다.

'악녀'에 대한 다른 상상

– 연극 〈메데아 네이처〉 –

백소연(연극평론가)

· 원작 : 에우리피데스 / 개작 : 홍창수
· 연출 : 주요철
· 드라마터그 : 하형주
· 단체 : 인천시립극단
· 공연일시 : 2015.01.30 ~ 2015.02.07
· 공연장소 : 인천종합문화예술회관 소공연장
· 관극일시 : 2015.01.31.

가족과 조국을 등지면서까지 사랑했던 이아손의 배신에, 그의 약혼녀는 물론 그와의 사이에서 낳은 자식들까지 무참히 살해하고 만 여인. 이 오래된 강렬한 복수담의 주인공인 메데아는 에우리피데스를 필두로 여러 세기 동안 많은 작가들의 관심을 모으며 다양한 관점에서 재해석되어 왔다. 영웅 이아손의 모험담을 성공으로 이끈 결정적 인물이었지만 메데아가 내린 극단적 선택으로 인해 그녀는 오랜 세월 악녀 혹은 마녀의 대명사로 손쉽게 기억되어 왔다. 인천시립극단 25주년 기념공연으로 올려진 〈메데아 네이처〉는 이러한 해묵은 관념에서 탈피하여 그러한 선택을 내리기까지 겪었을 인간 메데아의 심리적 고뇌와 불안에 초점을 맞추면서 상처 받은 한 여성의 모습을 설득력 있게 조망하고 있었다. 동시에 현대적 관점에서, 이아손으로 대변되는 도시 문명 혹은 근대화의 폭력성을 고발하는 비판적 면모를 보여주기도 하였다.

연극은, 고향을 등지고 이아손을 따라 온 메데아가 그 도시의 지배자의 딸인 글라우케와 남편 이아손의 결혼 소식에 혼란스러워하며 절망하는 것으로부터 시작된다. 그리스 신화에 어울릴 법한 고풍스러운 분위기를 예상하기 쉬웠겠지만 단출한 무대에 아이패드를 소지한 여러 코러스들의 등장은 신선한 충격을 주기에 충분했다. 어두운 조명 아래 차갑게 빛을 발하는 아이패드들의 어지러운 움직임, 그리고 그 아이패드로 즉흥에서 연주되는 전자 기기음과도 같은 기계적 선율은 숲의 부족이었던 메데아가 낯선 대도시 안에서 느꼈을 이질감과 고독, 분노의 심리를 적절히 표현해 주는 수단이 되었다. 그러나 메데아의 호소와 설득, 비난에도 아랑곳하지 않고 새로운 연인과 장난스럽게 사랑을 속삭이던 이아손은 조금의 죄책감도 없이 앞으로 글라우케와 함께 나눠 가질 대도시의 권력에 대한 부푼 꿈만을 안고 있을 뿐이었다.

좌절한 메데아는 급기야 부상을 입고 추격당하던 자신의 오빠와 재회하게 되면서 이아손이 자행한 배신의 전모를 뒤늦게 확인하게 된다. 황금을 약탈한 이아손으로 메데아의 아버지와 삼촌은 서로를 불신하여 전쟁을 시작하였고 그 전쟁으로 가족과 이웃은 모두 목숨을 잃었으며 고향이었던 숲은 처참히 파괴되었다. 그리고 약탈한 황금으로 대도시 지배자의 환심을 살 수 있었던 이아손은 마침내 그의 딸 글라우케와의 결혼에도 이를 수 있었던 것이다. 마주한 끔찍한 진실에 제대로 경악할 사이도 없이, 메데아는 오빠가 살해당하는 것을 지켜보며 겨우 죽음만을 모면할 수 있게 되었다.

모든 것을 잃은 채 무력하게 고통에 함몰된 듯 보이던 메데아는 이아손의 비열함에 처절한 복수의 의지를 다지게 되고, 사건은 새로운 국면에 접어든다. 체념한 듯 평온해 보였던 메데아는 글라우케와 이아손을 만나 두 아들을 그들에게 맡기고 고향으로 돌아가겠다는 의사를 밝힌다. 순순히 물러서는 메데아의 모습에 글라우케는 진의를 의심스러워하며 그녀를 조롱하지만 결국은 이아손과의 정사 중 메데아가 준비한 독배를 마시고 고통스러운 최후를 맞이한다. 이아손도 글라우케와 함께 죽어가지만 메데아의 해독제로 잠시 정신을 차리게 되고, 희미한 의식 속에서 아들들이 죽어가는 모습까지 참혹한 심정으로 지켜봐야 하는 상황에 이른다. 이아손이 가장 사랑하는 아들들을 죽여 그에게 지우지 못할 처참한 고통을 안긴 메데아는 이로써 모든 복수를 마무리 한 듯 보였다. 그러나 놀랍게도 메데아는 주술로 숲의 영을 불러내고 나무를 심는 의식을 통해 무고하게 죽어간 생명들은 물론, 증오스러웠을 글라우케를 향해서도 애도를 표한다. 그리고 그 의식의 과정에서 목숨을 잃은 줄로만 알았던 아이들은 잠에서 깨어나듯 일어난다. 이처럼, 죽은 자를 위한 깊은 애도와 아들들의 소생은 메데아를 악마적 이미지로 구축하게 만든 원래 이야기의 결정적 장면들과 완전히 배

치되는 부분이었다. "무고한 두 아들을 희생양으로 삼지 않는" 메데아의 이러한 행동은 도시 안에서 자연과 생명의 가치를 역설하며 탐욕에 눈이 먼 이아손을 꾸짖었던 작품 속 캐릭터에 어울리는 적절한 것이기도 했다.

제목 그대로 〈메데아 네이처〉에서는 메데아가 지니는 상징성, 즉 자연과 생명의 가치가 거듭 역설되면서 이아손으로 대변되는 물질문명의 비정함과 권력을 향한 맹목적 탐닉을 효율적으로 비판하고 있었다. 작품의 이러한 시선 한편으로, 메데아가 보여준 입체적 면모들은 이 인물에 보다 깊이 공감할 수 있게 만드는 요소가 되었다. 이아손과 글라우케의 축하 연회에서 마치 넋을 잃은 듯 광기 어린 춤을 추거나 자신이 죽인 글라우케를 향해 애도를 표하거나 이아손에게 극도의 고통을 주려 하면서도 끝내 자신의 아들들을 해치지 못하는 일련의 행동 등은 연민 어린 시선으로 메데아의 내면과 외적 선택을 진지하게 되돌아볼 수 있도록 했다.

그러나 원작에 대한 이와 같은 개연성 있는 재해석에도 불구하고, 무대 위에 펼쳐낸 여러 오브제들과 음향은 특정 부분에서는 그 표현이 과잉되어 불편한 느낌을 주었다. 이를테면 아이패드와 기계적 음향은 메데아의 이야기를 지금 이 시점의 우리의 삶과 접속하여 이해할 수 있게 했지만, 도리어 극을 어지럽게 하는 요소가 되기도 했다. 또한 메데아에 대한 섬세한 접근과 달리 이아손과 글라우케를 지나치게 평면적인 인물로만 해석한 부분들, 그리고 그

과정에서 보여준 일부 배우들의 다소 도식적이고 과장적인 연기 역시 아쉽게 느껴지는 부분으로 남았다. 그럼에도 불구하고 권력과 자본의 힘에 사로잡힌 채 생명의 질서를 거슬러 살아가는 현재의 우리들에게 이 낡은 이야기가 다시 소환되어 다르게 상상된 "악녀" 메데아를 통해 새로이 발화되고 있다는 점에서, 〈메데아 네이처〉는 충분히 기억에 남을 만한 작품이었다.

(출전 : 2015년 3월 2일 TTIS)

한국 희곡 명작선 40
메데아 네이처

초판 1쇄 인쇄일   2021년 1월 10일
초판 1쇄 발행일   2021년 1월 20일

지 은 이   홍창수
만 든 이   이정옥
만 든 곳   평민사
           서울시 은평구 수색로 340 〈202호〉
           전화 : 02) 375-8571
           팩스 : 02) 375-8573
           http://blog.naver.com/pyung1976
           이메일   pyung1976@naver.com
등록번호   25100-2015-000102호
ISBN   978-89-7115-738-1   03800
           978-89-7115-663-6   (set)
정   가   6,000원